今夜はいつもより星が多いみたいだ

勝嶋啓太　詩集

コールサック社

詩集

今夜はいつもより星が多いみたいだ

目次

Ⅰ

希望なんていったいどこに行けばあるのだろう

Ⅱ

永遠って結構シンドイ罰だよな

III　今日いくつ魂を見つけられたのだろうか

詩集

今夜はいつもより星が多いみたいだ

勝嶋啓太

Ⅰ　希望なんていったいどこに行けばあるのだろう

泣きかた

少女は　お祈りでもするように　静かに
青い紙を　何枚も　何枚も
小さく　小さく　手でちぎっていった
何をしているの？　と聞くと
かなしいことが　いっぱいあるから　と言う
そう言えば　この青い紙きれ
涙　の形してるね
泣いてるの？
少女は　答えずに　黙々と
青い紙をちぎっている

ぼくは
いろいろな　泣きかた　があるものだなあ
と思った

うれしい時は　何色　の紙をちぎるの？
少女は　静かに首を振って
うれしい時は
笑えばいいから
と言った

希望

かなしいこと　や
つらいこと　が
いっぱい　いっぱい　あるから
全部　捨てて来よう
と　友人が言ったので
ぼくたちは
かなしいこと　や
つらいこと　を
いっぱい　いっぱい
ゴミ袋に詰め込んで

レンタカーを借りて　出かけたのだが
こんなに　たくさんの
かなしいこと　や
つらいこと　を
いったい　どこに捨てたら　いいのだろう？

かなしいこと　や
つらいこと　が
いっぱい　いっぱい　あるから
希望　を　見つけに行こう
と　友人が言ったので
ぼくたちは
希望　を　探しに
夜明け前に
レンタカーを借りて　出かけたのだが

希望　なんて
いったい　どこに行けば　あるのだろう?

結局

かなしいこと　や
つらいこと　は
隣り町のゴミ捨て場に
こっそり　不法投棄した

希望　は
四丁目のリサイクルショップで
小さいのを　ひとつ見つけて
買ったんだけど
よく見たら

ニセモノだった

着ぐるみ

真夜中になったら
押入れの奥に　秘かに隠しておいた
着ぐるみ　を
引っ張り出して　着るんだ
背中のチャックを閉めたら
ぼくは　もう
真っ黒くて　ゴツゴツした
かいじゅう　だ
身長100メートル　体重10万トン
100本もの　鋭い牙が　ズラーっと並んだ真っ赤な口から

１００万度の炎を　ガーって吐いて
なんでも　かんでも　燃やしてやるんだ
でっかい足で　なんでも　かんでも　踏み潰す
長くて　ぶっとい尻尾で　なんでも　かんでも　叩き壊す
嫌いな会社の上司も　ぼくのことバカにした同僚も
口うるさい両親も　ぼくのことフッたあの娘も
どいつも　こいつも　みんな踏み潰してやるんだ
幸せそうな奴らも　楽しそうな奴らも　全員　踏み潰す
みんな　みんな　ペチャンコだ
ギッタンギッタンの　グッチャグッチャにしてやるんだ
国会議事堂も　都庁も　叩き壊す
東京スカイツリーも　東京タワーも　へし折る
渋谷も　新宿も　銀座も　池袋も
東京は　全部　火の海だ
ぼくは　かいじゅう　だ

身長100メートル　体重10万トン
恐いものなんて　何もないんだ
かいじゅう　になって　街へ出る
街は　眠っていて
しいん　と静まり返っていて
発泡スチロールで作ったみたいに　頼りない
真っ暗な闇の中
街灯の明かりだけが
ところどころに　ポツン　ポツン　とついているだけだった
誰もいない　真夜中の街を
ひとりぼっちで　ノッシノッシ　と歩く
なんか　とっても

かなしくなった

家に帰って
着ぐるみ　を　脱ぐ
着ぐるみ　を　押入れに戻す
夜食のカップヌードルに
お湯を注いでたら
涙が止まらなくなった

着ぐるみ（呑み会の巻）

きょうは　お出かけだ
押入れから　着ぐるみ　を出して着る
背中のチャックを閉めたら
どこからどうみても　立派な　かいじゅう　だ
身長100メートル　体重10万トン
中野に向かう
山の怪獣さん　と　空の怪獣さん　と　海の怪獣さん　と
中野八丁目の白木屋　で　呑み会だ
四大怪獣　で　盛大に　呑むんだ　酒だ　酒だ
……と言っても僕はゲコなので　いつもウーロン茶なんだけど

でも　怪獣さんたち　と一緒に呑むのは　楽しい
山の怪獣さん　は　元気いっぱい　いつでも明るいリーダー格
空の怪獣さん　は　博識で熱血漢　いつでも情熱的
海の怪獣さん　は　穏やかで聞き上手　いつでもニコニコ
みんなで仲良く　酒だ　酒だ　時々　ウーロン茶
時には　取っ組み合いになって火噴いちゃったりもするけどね
というわけで　今日も楽しく呑んでたんだけど
山の怪獣さん　いつもより　妙に明るい　妙にペースが速い
なんかいいことあったの？　と聞いても
別になんでもないよ　ガハハ　と明るく笑うだけ
で　いつもは呑み始めて大体三時間ぐらい経つと
今のニッポンはケシカラン！　とか
みんなで激論タイムになるんだけど
今日はその前に
突然　泥酔状態の　山の怪獣さん　が

泣き出しちゃったんで　びっくり
どうしたの？　と声をかけようとしたら
空の怪獣さん　と　海の怪獣さん　に止められた
そのまま　みんな　黙りこくってしまって
結局　今日はお開き
山の怪獣さん　は　さよなら　も言わずに
闇の中に消えていった
僕が　一体　どうしちゃったんだろう？　と言うと
空の怪獣さん　は
怪獣にだって　泣きたい日があるのさ　と言った
そういう時は　何があったか聞いたり
なぐさめの言葉なんてかけちゃダメだよ
何を言っても　全部ウソになってしまうからね
僕は　そんなもんかなあ　と思った
ところでさ　と　海の怪獣さん　が言う

キミ　背中にチャック付いてるけど
まさか　着ぐるみ　じゃないよね？
僕は　そんなことないよ　と必死に否定して
一目散に　家に逃げ帰った
翌日　山の怪獣さん　から
きのうはゴメン　ってメールが来た

お母さんとお兄ちゃんと弟くん

前の席に
親子連れが座っていた
お母さんと
お兄ちゃんと
弟くん
遊びに行った帰りらしい
まんまるの耳をしたネズミの絵が描いてある袋を
いくつもガラガラ持っているところを見ると　さては
浦安のネズミ園　通称・東京ディズニーランド
（千葉のくせに東京にあるふりしやがって）

に行ったな
弟くんは　はしゃぎすぎたのか
今は　丸くなって　お母さんの膝枕で　グッスリ眠っている
お兄ちゃんは
興奮した様子で　楽しそうにしゃべり続けているのだが
ネズミの話でも　アヒルの話でも　雪の女王の話でもなく
仮面ライダー・ナントカの話を　ずっとしているのだった
お母さんは　微笑みながら
お兄ちゃんの話に　相槌を打っていたが
さすがに疲れているらしく　返事は　結構テキトーだった
吉祥寺に到着すると
お兄ちゃんは立ち上がり
弟くんを起こした
じゃあね
うん　またね　パパによろしくね

バイバイ　ママも元気でね
お兄ちゃんは　寝ぼけ眼の弟くんの手を引くと
袋をガラガラ提げて　降りていった
お母さんは　じっと　ふたりを　見つめていた
お兄ちゃんと弟くんは　ホームで　ちょっと振り返り
小さく手を振った
お母さんも　微笑んで　小さく手を振った
ドアが閉まり　電車は　発車した
よく見ると　お母さんは　ちょっとだけ泣いていた
少しして
間もなく　三鷹に到着いたします　と
車内アナウンスが流れると
ハンカチを出して　涙を拭き
ハンカチをしまい　顔を上げ
ひとりの　女　の顔になって

三鷹で　降りていった

友人が夜中に電話をかけてきた

僕の自主映画仲間だった友人に
ココロがこわれてしまった男がいて
しばらく電話がつながらないなと思いながら
毎日しつこく電話していると
20日目ぐらいに電話に出て
昨日　カミソリで手首を切ってしまってね　とか
睡眠薬を通常の5倍飲んでしまって幻覚を見た　とか
虚ろな声で言うのだが
そんなココロがこわれてしまった友人から
先日　夜中の1時ぐらいに電話がかかってきた

今まで彼の方から連絡してきたことなんてないのに　珍しいな
と思って　電話に出ると
いつにも増して　さらに　ココロがこわれていたので
どうしたのか　と聞くと
エンドウ君が死んでしまった
つらくて　結局　葬式にも出られなかった　と泣きながら言う
そこから
支離滅裂で要領を得ない話が約3時間も続いたのだが
僕の読解力と推理力を最大限駆使して　話を要約すると
どうやら　エンドウ君は　友人の中学時代からの親友で
友人は鬱がひどい時でも
彼とだけは連絡を取り合って　話をしていたらしい
優しくて　明るくて　温かくて
友人の支離滅裂な話にも腹を立てることなく
何時間でも穏やかに話を聞いてくれたのだそうだ

彼と話をしていると　いつでも
気持ちが落ち着いて　元気が出た　と友人は言った
でも　エンドウ君は　死んだ
自殺　だった
電車に飛び込んだ
遺書はなかった
プラットホームに靴が揃えて置いてあった
友人は　彼が死んで初めて
彼が　長い間　鬱病に悩まされていたことを　知った
会社に勤めていると思っていたが　無職だった
俺は彼に何でも話したのに
彼は俺に何も話してくれなかったんだ　と友人は泣いた
もし　話してくれていたら
彼を助けてあげることが出来たかもしれないのに
と友人は言った

僕は　そんな友人の言葉に　何故か　無性に　腹が立って
じゃあ　キミは　今度　カミソリで手首を切る前に
僕に電話してきてくれるかい　と言った
友人は　しばらく　黙りこんで
そして
もう夜も遅いから　と言って
電話を切った

ひとつだけわかっていること

いつものように　行きつけの飲み屋で　友人と
ももいろクローバーZの話などをしていたら
たまたま　スーッ　と　入ってきた客が
たまたま　友人の友人　だとかで
どうもはじめまして　と挨拶したら
その　友人の友人　が　大真面目な顔で
私はあなたがどんな人物かは存じ上げませんが
あなたに関して　ひとつだけわかっていることがあります
などと言い始め　何ですか？　と問うと
あなたは　死にます　と怖い顔で言うので　驚いて

え!?　僕　死ぬんですか?　そうです　100%死にます
いつ死ぬんですか?　それはわかりません
何で死ぬんですか?　病気ですか?　事故ですか?
それはわかりません　でも　死にます　100%死にます
あなただけじゃありません　あなたのご両親も　死にます
あなたが今までに出会った　すべての人たちも　死にます
あなたがこれから出会う　すべての人たちも　死にます
あなたが出会うことがない　すべての人たちも　死にます
人だけでなく　生きているものは　すべて死にます
この世に生まれたもの　は　生まれたその日に
将来　必ず死ぬこと　が約束されています
それだけが　生まれたとき　唯一　決まっていることです
あなたがたは　現在進行形の　死　を生きています
生きている人はすべて　ある意味　すでに　死体　です
あの～　スミマセン　勿体ぶった言い方してますけど

よく考えたら　それ　当たり前のことですよね？　と言うと
そうです　わかりきったことです　と平然と言われ
ちょっと腹が立ったので
あなた　何なんですか？
初対面で　いきなり脅すようなこと言って
そんなこと言ったら
あんただって　いずれ死ぬんじゃないか
と言ってやると　彼は　平然と
いや　私は　死にません
と言い　ウーロンハイを一杯だけ飲むと
では　いずれ　また
と言って　スーッ　と　出て行った
お前の友だち　死なないんだってさ
と　皮肉めかして　友人に言うと
うん　あいつ　もう死んでるからな

と　友人は　あたりまえのように言い
ももクロちゃんも　いずれ　みんな死んじゃうんだよな
と　寂しそうに言って　ビールを飲み干した

見送り

彼女　が横たわった　白い棺　は
静かに
静かに　送り出されていった
ぼくと友人は　言葉もなく
ただ　それを　見送った
暑かった
陽炎が　ゆらめいていた
日差しは　殺気立っていた
すべてのものが
真っ白に　燃え上がって

崩れ落ちていくように　思えた
ハンカチで汗を拭いながら
ぼくたちは　それがまるで
遠い記憶の中の
美しいけれど　ありえない
出来の悪い　おとぎ話　の一場面のような気がして
不愉快　だった
ぼくたちと　彼女　との物語が
このような結末を迎えたことに
多分　ぼくたちは
腹を立てていたのだ　と思う
友人は　行こうぜ　とだけ言って　歩き出した
ぼくと友人は　葬儀場を出て
駅に向かって　ひたすら歩いた

四丁目の角で　かいじゅう　が　死んでいた

昼メシにラーメンを食べようと
三丁目の来々軒に行ったら
なんと　つぶれて　なくなっていた
まさか　来々軒がなくなってしまうとは……　と
軽いショックを受けつつ　歩いていると

四丁目の角で　かいじゅう　が　死んでいた

でっかくて　真っ黒な体は　腐って
ぶよぶよになっていて　でろでろになっていて

じゅくじゅくになっていて
汚いクサレ汁が穴という穴から滲み出していて
蛆が湧いていて　蠅がたかっていて
鴉も集まってきて　目ん玉とかついばんでいて
辺りには　悪臭が漂っていた
街を行き交う人たちは　かいじゅう　の　死骸　に気づくと
一瞬　顔をしかめて立ち止まるが
次の瞬間には
何事もなかったかのように　通り過ぎていく

かいじゅう　は　いつも　四丁目の角に
ひとりぼっちで　立っていた
何をするでもなく　さびしそうな目で　遠くを見ていた
一体　何を見ていたのだろう？
時々　大きな声で吠えていたが

何を言いたかったのだろう？
こんにちは～って　声をかけると
おびえたように　一瞬だけ　チラッとこちらを見て
また　さびしそうな目で　遠くを見つめるのだった
ぼくたちは　言葉を交わすことはなかった
ぼくは　かいじゅう　が　何者なのか
最後までわからずじまいだった

無精ひげを生やした清掃員たちがやってきて　無表情で
かいじゅう　の　死骸　を　きれいに片づけて
そこら中に　消毒液を撒いていた
明日になれば　ここに　かいじゅう　が立っていたことなんて
誰も　憶えていないだろう
ぼくは
かいじゅう　は　本当に　ひとりぼっちだったんだ

と思って　なんか　哀しくなった

押入れの奥から
ゴム製の　着ぐるみ　をひっぱり出して　着て
かいじゅう　に　なって
四丁目の角に　そっと　立ってみた
何人かのひとが　こちらをチラッと見て
なんだ　ニセモノか　という顔で　通り過ぎて行く
ほとんどの人は　気にも留めていないようだ

ここに立って　かいじゅう　は
一体　何を　見つめていたのだろう？
結局　ぼくには　よくわからなかった

……雨が　降ってきた

ぼくたちは　もうずいぶん長いこと　歩いてきたのだ

ぼくたちは　もうずいぶん長いこと　歩いてきたのだ
だけど
いまだにどこにたどりつくのか
さっぱりわからない
わからないまま
ぼくたちは　もうずいぶん長いこと　歩いてきたのだ
まっすぐ前を向いて

どんどん前に進んでいくのが　良いことだと
教えられてきたし
ぼくたちは　それが　正しいことだと
信じてきたのだ
だから　まっすぐ前を向いて

ぼくたちは　もうずいぶん長いこと　歩いてきたのだ

だけど　ぼくたちは　今
すっかり　くたびれてしまって
もう半歩だって　前に進めやしない
あとどのぐらい　進めばいいのだろう？
このまま進んでいって
ちゃんと　どこかにたどりつくのだろうか？

ずいぶん前に　誰かが
そろそろ　もどった方がいい　と言ったが
ぼくたちは　それは間違ってる　と思っていたので
無視して　前に進んできた
でも

今は　もう　もどりたい　とぼくたちは思っていた

いま来た道をもどっても　方向が変わっただけで
進んでいることには変わりないんじゃないかな
と　誰かが　苦しまぎれに　うまいことを言ったので
それに乗っかることにした
もう　みんな　前に進むことに　うんざりしていたのだ
しかし　もどろうと　後ろをふりかえったら
そこには　なにも　なかった

ぼくたちは　もう　もどれなくなっていたのだ

ぼくたちは　黙って
また　まっすぐ前を向いて　歩きはじめた
しばらく歩いていると　誰かが
このまま進んでも　なんにもないんじゃないの　と言った
ぼくたちは　そいつに
黙ってろ　と言った
たとえ　この先に　なにもなかったとしても

ぼくたちには　もう　前に進んでいくしか道はないのだ

II　永遠って結構シンドイ罰だよな

待ち合わせ

駅前にある　犬の銅像の前で
私は　人を待っていたが
その時　私は
同時に　大きな問題に直面していた
その問題とは
私は　誰と　待ち合わせをしているのか
まったく思い出せない　ということであった
名前や年齢はもちろん　男性か女性か
それすらもわからない
さらに付け加えるならば

何時に　待ち合わせをしたのかも　わからないのであった
もっと言えば
ここが　待ち合わせ場所かどうかも　確証はなかったのである
人目もあるので　平静を装ってはいるが
私は　内心　途方に暮れていた
私には
私と待ち合わせをしている人物が
私を発見し　声をかけてくれるのを　ひたすら待つしか
この問題を解決する方法はなかったのである
が　しかし
私に声をかける者は　誰もいないまま
そろそろ2時間が経過しようとしていた
こうしていてもしょうがないので　とりあえず
これから最初に目が合った人物を
待ち合わせをした相手と仮定して　声をかけることに決めた

しかし　駅前で　待ち合わせをしていると思しき人々は皆
私と絶対に目を合わせまいとでもするように
必死に目を伏せ　俯いて立っているのであった
それから約1時間後
やっと　ひとりの中年男と目が合ったので
明らかに　生まれて初めて見る顔だとは思ったのだが
あのー　もしかして　僕が待ち合わせしている人でしょうか?
と声をかけると　怪訝そうな顔をしたように見えたので
すみません　と謝って　立ち去ろうとすると
あ　待ってください　多分　私　そうです　と中年男が言った
いやー　すみません　実は　私
誰と待ち合わせしているのか　わからなくなってしまって
もしかしたら　あなたじゃないかとずっと思ってたんですよ
と中年男は言った
私は　今更　適当に声をかけた　とは言えず

この見ず知らずの中年男との
（多分）久しぶりの再会を喜んだのだが
私の前には　新たに
この男と　一体　何の用件で待ち合わせしたのか？
という問題が　立ちはだかっていたのだった

職場

朝寝坊して　家を30分も遅れて出たのだが
なぜか　職場にいつもより15分も早く着いてしまい
上司に　あれ？一体どうしたの？　などと言われる
いや　それはこっちが聞きたいぐらいで
なんで寝坊したのに早く着いたんだろう　と不思議に思って
あれこれ振り返ってみると
そう言えば　今朝は　電車に乗った記憶がない
それどころか
駅からバスに乗った記憶もないことに気がついた
っていうよりも　よくよく見たら

俺の職場　こんなだったっけか？
いつもとちょっと違うような気がするんだけど……
上司も　よく見たら　知らない人のような気がするし
同僚たちも　会ったことがあるような　ないような……
でも　誰も　あんた誰？　って聞いてこないし
普通に俺と世間話とかしてるし
俺の名前　間違えずに呼ぶし
俺も　この人たちの名前　間違えずに呼んでるみたいだし
ってことは　単なる思い過ごしか
というわけで
なんか　モヤモヤするんだけど
一日　普通に働いて
夜は職場の人たちと飲み会で
みんなと楽しく飲んで　盛り上がり
じゃあ　お疲れさま　また明日　という段になって

上司のサトウさんが　俺に
ところで　ずっと気になってたんだけど
キミ　誰だっけ？　と聞いてきた
えっ⁉　いまさら⁉
いや～　朝から知らない人だなあと思ってたんだけど
新しく入った派遣社員の人か何かなのかな～　と思って
ええっ⁉　でも僕の名前呼んでましたよね？
いや　胸に名札してたから　……違う会社のだけど……
あっ　そうか……　よく考えたら
俺も　みんなの名札見て　名前呼んでただけだったんだ
この人たち　やっぱり全然知らない人たちだったんだな
？……ってことは
俺　今日一日　知らない職場で仕事してたってこと⁉

さて　それは昨日の話で

今日は　いつもどおりに起きて
いつもの電車に乗り　いつものバスに乗って
間違わずに　いつもの職場に来て
いつもの仕事をしているのだが
ただ　俺は　さっきから
上司のヤマダさんという人を
全然知らないような気がしてるんだけど……

面　を買いに行く

久しぶりに　後輩のタナカくんが遊びにきたのだが
顔が　ヤマダくん　になっていたので　驚く
どうしたの？　と聞くと
3日前　酔っ払って
自分の　面　を　どこかに落としてしまって
さがしたんですけど　見つからなくて
今　センパイに会わす　顔　がないんで
どの　面　さげて　センパイに会おうかな　って考えて
とりあえずヤマダに頼んで　面　借りてきました　とのこと
？？？……あ　そう……

面　貸しちゃって　ヤマダくんは大丈夫なの？　と聞くと
あ　でも　アイツ　実家が金持ちなんで
とヤマダくんの顔をしてタナカくんは言う
この話　実家が金持ちとか関係あるのか？　と思いながらも
しばらく雑談していたのだが
どうにもタナカくんじゃなくてヤマダくんなものだから
話しにくくてしょうがないので
新しい　タナカくんの　面　を買いに行くことにした
前の　面　は6丁目の東急ハンズの13階で買いました
ということなので　とりあえず　そこに行く
壁一面に　何万枚も　面　が掛かっていたので
ちょっと圧倒されつつ　眺めていると
ヤマダくんの顔したタナカくんが
ヤマザキという　面　を手にして
今度はこれにしようかな　とか言っているので

タナカじゃなくていいのかよ？　と聞くと
ヤマダくんの顔したタナカくんは
タナカを続けるっていうのも　結構　シンドイんスよ
と遠い目をして言った
ふ〜ん　そういうもんかな……
って　ダメだろ！　勝手に他人になっちゃ！　と言うと
大丈夫っスよ
どうせ　俺が誰だろうと　誰も気にしてないスから
そう言って
ヤマダくんの顔したタナカくんは　ぼくの反対を押し切って
ヤマザキの　面　を購入して
結局　後輩のヤマザキくん　ということになってしまった
センパイもいっそ新しい　面　にしたらどうスか？
と　さっきまで　ヤマダくんの顔したタナカくんだった
後輩のヤマザキくんが　しきりに勧めるので　試しに

スティーブ・ジョンソンという　面　を被ってみたが
やっぱ　カツシマ　の方がいいかな〜

食欲と性欲

ずっと好きだった女の子がいたのだが
ぼくは　とっても臆病者なので　フラれるのが怖くて
好きです　って言えないでいたら
彼女は　やがて　ぼくの友人と付き合いはじめ
ふたりは　結婚してしまった
ふたりの幸せそうな顔を見るとムカつくので
仮病を使って　結婚式には出なかったのだが
ぼくの気持ちを知らないふたりは
しきりに　家に遊びにおいでよ　と誘ってくれる
仕方がないので　結婚祝いのプレゼントを持って

ふたりの新居を訪ねると

彼女が　ゾンビに　なっていた

ぼくが訪ねた時には
友人は　あらかた喰われてしまって　骨だけになっていたので
プレゼントを置いて　さっさと帰ることにしたのだが
ゾンビというのは　ひどく腹が空くものらしく
気がつくと　10メートルぐらい後ろを
彼女が　ひもじそうな顔をして
ぼくの様子を窺いながら　ずっとついてきている
ぼくが立ち止まって振り返ると
彼女は　怯えたように　ビクッとして
オアズケをくらった犬のような情けない顔で
ぼくをじっと見て　ヨダレを垂らした

その時　ぼくは　彼女を　抱きしめたい　と思った

現在
彼女は　大分腐りかけてきているんだけど
ぼくの部屋の隅で
相変わらず　ひもじそうな顔をして
じっと　ぼくの様子を窺っている
彼女には　ぼくは　よっぽど美味しそうに見えるらしく
しょっちゅう　ヨダレをダラダラと流している

今日
意を決して　抱きつこうとしたら
右足を　喰われた

多分　近い将来
ぼくも　友人のように　あらかた喰われちまうんだろうけど
久しぶりに満腹になって
今　すやすやと　穏やかに寝息を立てている
腐りかけの彼女を見ていると
まあ　それでもいいか
と思えてくるのである

ロケットねえちゃん

最近　ぼくが片想いしてる
あの娘は　実は
ロケットねえちゃん
なんだよね
今日も　元気ハツラツ　10万馬力
明るい笑顔で　西へ東へ南へ北へ
ジェット噴射で　ひとっ飛び
飛行速度は　マッハ4
仕事に　恋に　大忙しなんだって
時々　がんばりすぎちゃって

ガス欠で　落っこちちゃったりもするけどね
リポビタンD　3本飲むと　見事復活だ
勇気を出して　デートに誘いたいんだけど
ぼくが話しかける前に
いつも　ニコって笑って
ビューって　通り過ぎてっちゃう
飛び去って行く彼女の後ろ姿を見送りながら
ぼくは　いつも
スカートがちょっと短か過ぎるんじゃないか　と思うんだ

そんな彼女が　この間　珍しく
夕暮れ時に　公園のベンチに座って
ふう　と　ため息をついていた
どうかしたの？　と聞くと
あたしだって　たまには　ため息ぐらいつくわよ

って不機嫌そうに言って
吸えないタバコに火をつけて　むせたりしているので
ぼくは　マツモトキヨシで　リポビタンDを3本買って来て
プレゼントしてあげたんだけど
ありがとう
でも　やっぱり
あんた　全然わかってないのね
って言われた

今日　駅前でバッタリ会ったら
すっかり　元気になっていた
相変わらず　仕事に　恋に　大忙しみたい
ウワサじゃ　今　スペースシャトルと付き合ってるんだって
あんまり短いスカートはいてると
パンツが見えちゃうよ　って声をかけたら

アカンベーして
東の空に向かって　猛スピードで飛んで行った

つながり

ぼくが台本を書いた芝居の公演をやるので
見に来て下さい　と案内のメールを出す
若干数の　行きます　という返事と
多くの　用事があって行かれません　という返事が来る
返事が来ない人もいる
正直　それで構わない
こんな活動をしています
という近況報告のつもりでメールを出しているので
相手にメールが届いていれば　それでいいのだ
ぼくだって　極度のメール嫌いの筆不精なので

面倒くさがって　返事を出さないことがほとんどだ
でも　メールを送ったり　相手からメールが届くことで
たとえそれが　薄く　微かな　つながり　であっても
その人とは　つながってる　と思えるじゃないか
だから　返事がなくても　届いていれば　それでいいのだ
そんなことを思いながら
もたもたと　案内メールを出していたら
かつて何本も一緒に映画を作ったことのある自主映画仲間の
女の子に送ったメールが
「送信できませんでした」というメッセージと共に
送り返されてきた
どうやら　いつのまにか
メールアドレスが変わっていたらしい
電話してみるが　番号も変わっていて繋がらなかった
何かやる時はいつでも連絡してねって言ってたのに……

ちょうどその時　彼女と面識のある友人から
「ごめん　仕事の都合で　今回は見に行けない」
と連絡があったので　彼女のことを話すと
友人は
「あれ？　俺のところにはちゃんとケータイの番号とアドレスが
　変わりました　って連絡来たけどな」
と言って　彼はとても親切な男なので
彼女の電話番号とメールアドレスを教えてくれたのだが

ぼくは　彼女に　案内メールを　送らなかった

結局
ぼくと　彼女の　つながり　なんて
最初から　なかったんだ　と気づいたからである

ハロウィンおばけ

なんかあちらこちらで
カボチャカボチャしてるなあ　と思ったら
ハロウィンということであった
シブヤじゃ　若い女の子や男の子が集まって
オバケのかっこうして
仮装行列をするイベントなんかも行われているらしい
町中　浮かれてて　いい加減　ウザったいので
家に引きこもって
きのう　近所のファミリーマートで買った
どら焼きを食っていると

コン　コン　と玄関ドアを叩く音がする
はい　どちら様？　と聞いても　返事がないので
気のせいかと思ったら　また　コン　コン
なんだよ　と思って　開けてみると
頭から真っ白なシーツみたいな布をかぶった
小っちゃな子供が
ひとりぼっちで　ポツン　と立っている
なんだハロウィンか　と思ったので　わざと不機嫌な感じで
なに？　と聞くと
その子は　もじもじして
消えてしまいそうなぐらい小さな声で
……いえ　どうもすみませんでした
と言って　ぺこり　と頭を下げて
立ち去ろうとする
その様子が　あまりにもさびしそうだったので

なんかかわいそうな気がして　ちょっと　と呼び止め
これ　食いかけで悪いけど　と
どら焼きをあげると
その子はうれしそうに　それを受け取り
お腹が減っていたのか
その場で　おいしそうに　むしゃむしゃ食べ始めた
食べる時　シーツに突然大きな口が現れたので
ああ　ホンモノだったんだ　と思った
その子は　どら焼きを食べ終わると
また　ぼくに　ぺこり　と頭を下げて　歩き出した
来年は　食べかけじゃないのをあげるよ
と声をかけると
ちょっとこちらを振り返り
うれしそうに　ニコッ　と笑った
……と思う

正直　顔がシーツっぽいから
よくわかんなかったんだけど……

友人は　世界を守っている

休日に　何年ぶりかで友人と会う
待ち合わせた喫茶店に行く
友人は　5分ぐらい遅れて
真剣な表情でスマホの画面を見つめながら
やって来た
ぼくは気楽なバイト生活だが
友人は結構大きな会社に勤めているので
大変だな　休みの日も　何かと
仕事関係の連絡とか入ってくるんだな
と思っていると

オクレテゴメン　と
友人は　スマホから目を離さずに　言った
久しぶりだね　とぼくが言うと
アア　ヒサシブリダネ　ゲンキニシテタ？　と言うので
まあ　ぼちぼちかな　とぼくが言うと
フ～ン　と曖昧な反応
その間　友人がスマホの画面から目を離すことはなかった
ぼくが　ブレンドを頼むと
友人は　ア　オレモ　と言った
ぼくが　コーヒーを飲むと
友人も　コーヒーを飲む
その間も　友人は一度もスマホから目を離さず
時折り　素早く　何やら操作したりするのであった
よっぽど仕事忙しいんだな　と思い
話しかけちゃ悪いような気がして　黙っていると

ン？　ドウシタノ？　と友人が聞いてきた
いや　忙しいのかなと思って　と答えると
友人は　スマホの画面を見つめたまま
不思議そうな顔をする
だって　ずっとスマホいじってるから　と言うと
友人は　アア　ソウイウコトカ　と言い
イヤ〜　ドラゴン　ガ　ナカナカ　テゴワクテサ　と言った
友人は　邪悪なドラゴンから　世界を守り
お姫さまを救出するために　戦っていたのであった
……世界を守らなきゃいけないんだったら
そりゃ　忙しいわなあ……
そう思いながら　コーヒーを飲み干す
なんか　いつもより　苦い気がした
ふと　周りを　見渡すと
喫茶店にいる客は　ぼく以外　全員

一心不乱に　スマホをいじっていた
この人たち　みんな
邪悪なドラゴンから
世界を守っているのだろうか？

声

急に　モーレツに腹が痛くなり
括約筋を極限まで締めながら　駅のトイレに駆け込む
個室に飛び込み　辛うじて惨劇は免れた
危機的状況が去り　フウとため息をついたところで
ずっと何かの声がしているのに気が付いた
何だ　この声は？　唸り声か？　喘ぎ声のようでもある
低く　くぐもっている　恐ろしい　ひどく恐ろしい声だ
地獄から聞こえてくる　亡者の叫びか？
異次元から　魔物が何者かを呼んでいるのか？
もしかして　俺か？　俺のことを呼んでいるのか？

邪悪だ　邪悪な響きがある
俺の魂を奪い取り　冥界に持ち去ろうとでもいうつもりか？
声は　あきらかに　俺を呼んでいるとしか思えない
だんだん　恐ろしくなってきた
いったい　どこからこの声は聞こえてきているのか？
もしかして　便器の中からか？
便器から　糞まみれの魔物が這い出してくるような気がして
恐怖に駆られて　便器から飛び退く
必死の思いで　水を流す
一時　水の流れる音が　空間を支配する
水よ　頼む　お前の力で魔物を異界へ押し戻してくれ！
とりあえず　水は　俺の糞を押し流していった
しかし　何と　声は　まだ聞こえていた！
よく聞くと　声は　隣の個室から　聞こえてくるようだ
魔物は　隣の個室に潜んで　俺を狙っているのか？

突然　隣の個室から　水を流す音がした
ガタン　と便座を上げる音がした
奴は　いよいよ　行動に移すつもりだ
どうする　このまま　ここに立て籠もっているべきか
思い切って　ここを脱出するべきか
あッ！　天井と仕切り板の間に隙間がある
あそこからこちらに侵入されたら　俺に逃げ場はない
ここは危険だ！
覚悟を決め　一気に飛び出す
俺が飛び出すと　ほとんど同時に
隣の個室のドアが開いた
中から現れたのは――
中年のサラリーマン風のおっさんだった
おっさんか？　それとも　おっさんの姿をした魔物か？
おっさんは　訝しげに　俺を一瞥すると

手を洗って　出て行った
冷静になって　よーく考えたら
あの声は
音程の狂った「銀座の恋の物語」ではなかったか？
おっさん　頼む！　忘年会のカラオケの練習は
ウンコのついでにではなく
カラオケボックスでやってくれ！

天獄行き

ミニラに羽根の生えたような奴にとっ捕まって
でっかくて　真っ白けな　四角い建物に連れて行かれ
裁判を受ける
人を殺したり　金を盗んだり　という重い罪ではないものの
立ち小便や　酔って道端にゲロを吐く
仮病を使ってバイトをサボる　人に借りた本をなくす
平然と同人誌の締め切りを破る　など
軽い罪がたくさんあって　結構　有罪となる
で　エンマ様という　生真面目そうなハゲのおっさんに
テンゴクへ行け　と言われる

天国？　ぼく　たった今　有罪って言われましたけど
天国行きでいいんですか？　と聞くと　横のミニラに
天国　じゃなくて　天獄　だよ　と言われる
天獄？
あなた　一応　罪人ですから　とエンマ様に言われる
はあ　そうですよね……
で　天獄　というところへ行くために
また　ミニラに連れられ
今度は小型バスみたいなのに乗せられる
天獄　ってどんなところですか？　とミニラに聞いてみる
血の池　とか　針の山　とかあるんですか？
ああいうの　今どき　地獄にもないよ　と言われる
まあ　そうですよねえ……なんて話をしている内に
天獄　に着く
自分の家そっくり　だったので驚く

あの……ここ自分の家みたいですよね　と言うと
うん　ここ　あんたの家だよ　とミニラが言う
でも　もう永遠に　ここから出られないけどね　と言われる
午前7時起床　7時半朝食　9時から12時仕事　12時昼食
午後1時から5時仕事　6時夕食　8時風呂　11時就寝
それを永久に繰り返すだけだよ　と言われる
あ　そうなんですか……
それから　気の毒だけど　すべて因果応報だから
ミニラはそう言い残して　どこかへ去っていった
因果応報ってどういうことか？　と思ったら
要は自分がやったことを他人にやり返されるという事らしく
ほぼ毎日　家の壁に立ち小便され　玄関前にゲロを吐かれ
女の子をデートに誘うと当日仮病を使ってドタキャンされ
友人に貸した本は必ず行方不明で返ってこなくて
何故か町内会の広報作りをやらされ誰も締め切りを守らない

とか　どうやら　ちょっとツイてない生活が永久に続くらしい
ひと月ふた月　まあ　一年二年ぐらいなら屁でもないが
三十年四十年五十年と続くと　結構　シンドイ
なんて言ってるうちに　三百年ぐらい経ったので
最近はもう大分　慣れてきたけど
永遠　って結構　シンドイ罰だよな　と
今日も　酔っ払いのゲロを片付けながら　思っている

ゴッホの小さな白い花

ゴッホ展があったので　見に行った
会場は　たくさんの人でごった返していて
見てごらんよ
この　ひまわり　の黄色の激しさ
さすがゴッホだね
情熱の画家　だね
こっちの　糸杉の　うねるような迫力
あそこの　鴉が飛び交う麦畑の　不気味さ
こっちの絵なんて　太陽と月が同時に描かれているよ
この自画像なんて　耳切った直後の自分を描いているよ

やっぱり　さすがゴッホだね
炎の人　だね
みんな口々に　スゴイスゴイ　と言っている
テレビでも話題になっていて
特別番組があったりして
そこでも　ゲストのタレントとか　解説の人とかが
ゴッホの絵だったら　なんでもかんでも
情熱的だ
天才だ
スゴイスゴイ　と言っていて
でも聞けば聞くほど　その　スゴイスゴイ　には
この人　結局
キチガイ　になって自殺したんでしょ
やっぱ　こういうの描くのって
フツウの人じゃないよね

という思いが　含まれているようで
ゴッホが　とても可哀相な気がして
なんかイヤな気持ちになりながら　うろうろしていたら
会場の片隅に　ひっそりと展示されていた
ゴッホが死ぬ二、三か月前に描いたという
精神病院の庭に咲いていた
小さな白い花を描いた　小さな絵が　目に入った
可愛らしく
暖かく
穏やかで
やさしい　絵　だった
みんな気にも留めない様子でさっさと通り過ぎていくから
多分　名画でも　代表作でも　ないんだろうけど
自ら命を絶つちょっと前に
ゴッホは

庭の片隅に　ぽつんと咲く
小さな命を
こんなにも
やさしい　眼差しで
見つめていたのだ　と思うと
なんか　ちょっと
かなしくなった

もしかしたら　ゴッホは
炎　や　ひまわり　じゃなくて
ほんとうは
この　小さな白い花　に
なりたかったのかもしれない

III

今日いくつ魂を見つけられたのだろうか

ぐるっと　まわって

父はあまり少年時代の話をしたがらない
昭和八年生まれの父にとって　少年時代の記憶は
〈戦争の記憶〉であり　それは〈飢えの記憶〉であり
〈思い出したくない記憶〉なのだそうだ
父は男ばかり四人兄弟の末っ子で
幼くして父親を病気で亡くし
母親の女手ひとつで育てられたのだが
勝嶋家はすごく貧乏で
特に戦時中・敗戦直後はひどかったらしい
ロクに食うものもなかった

子供心に感じた　あのひもじさ　惨めさは
経験してない人には決してわかってもらえないだろう
と父が言うのを聞いたことがある
一番上のお兄さんが捕虜としてシベリアに抑留され亡くなり
その遺族年金で辛うじて食い繋いだ　と
亡くなったおばあちゃんが話していた記憶がある
死んでまでも親孝行な子でした　と言って
おばあちゃんは　泣いた
父は奨学金とアルバイトで大学を卒業し
妻と三人の子供たちを養うために
商社マンとして　アフリカや東南アジアの各国に
単身赴任で乗り込んで行って
日本の高度経済成長の尖兵として働き続けた
父にとっての〈戦後〉とは　〈平和〉とは
ひたすら〈飢えからの脱出〉だったのだ　と思う

「なんだかんだ言っても　自分にとっては
　食べるものがある　今が　いちばん幸せだ」
それが　父の口グセだった
そんな父が　最近　テレビのニュースを見ながら
とても悲しそうな顔をすることが多くなってきた
総理大臣が自衛隊の式典かなにかで
にやけた顔で戦車に乗って敬礼しているのを見た時には
画面に向かって「アイツはダメだ」と本気で怒っていたが
二人の日本人ジャーナリストが中東のテロリストに殺され
そのキッカケとなった軽率な発言をした　件の総理大臣が
何の責任も感じていないかのように
「テロとの闘い」を口にしているのを見た時は　言葉もなく
けわしい顔で　ただ黙って　画面を見つめていた
そして　テレビを消し
「いろいろ　がんばって　やってきたけれど

ぐるっと　まわって
結局　また　戦争　かな」
と　本当に　本当に哀しそうに　つぶやいた

サムライブルー

たまたま　テレビをつけたら
サッカーのワールドカップの中継をやっていて
日本がコートジボワールと戦う　ということなので
コートジボワールってどこにあるんだっけ？　とか思いながら
なんとなく　そのまま　見る
別にサッカーに興味があるわけでもないし
愛国精神にあふれているわけでもないので
日本代表チームが　勝とうが　負けようが
ぼくにとっちゃあ　どうでもいいはずなのだが
ホンダがゴールして　1点先制したので

何故か　盛り上がって
ニッポン　ニッポン　とか　応援してしまう
これ　勝てるんじゃないの　と　期待して　見ていたのだが
ちょっと　トイレにウンコしに行ってる間に
2点入れられて　結局　逆転負けしてしまったので
なんだよ　弱えな　とガッカリしつつ
昼飯を食べに　いつものように　三丁目の来々軒に向かう
店に入ると
そこにいる人たちがみんな　サムライブルーだったので　驚く
来々軒のオヤジまで　サムライブルーで
ぶっちゃけ　似合ってない
どうやら　商魂たくましい来々軒のオヤジが
何の関係もないのに　ワールドカップの人気に便乗して
来々軒でも　テレビ中継見ながらみんなで応援する
という町内会イベントを　やっていたらしい

で　みんなで　日本代表のユニフォームまで着て
盛り上がり　結局　盛り下がり
今は　みんなで　不機嫌な顔で
黙々と　ラーメンを喰っている　というわけだ
サムライブルーで　ココロもブルー　か
などとバカなことを考えながら　ラーメンを喰う
……まずい
サッカーより前に　このラーメンをなんとかしろ　と思う
もしかして
日本が負けたからじゃなくて
みんな　まずいラーメン喰ってるから　不機嫌なんじゃないの
と思いつつ　周りを見渡すと
いつの間にか　誰もいなくなっている
オヤジも　いつの間にか　サムライブルーじゃなくなっていた
ラーメン喰い終わって　街へ出る

街のあちらこちらに
不機嫌な顔をした人たちが立っている
この人たちも
さっきまで　サムライブルーだったのだろうか？
それとも　まずいラーメンを喰っただけなのだろうか？

半魚人

三丁目の来々軒でラーメンを食べた帰り
ぶらぶらと散歩していると　男の人に
海に行くにはどう行ったらいいですか？
と声をかけられた
目と目がすごく離れてて　すごい受け口だったので
なんか魚っぽい顔しているなあ　と思ったら
半魚人です　とのことで　納得
休暇を利用して　地上見物に来たのだが
道に迷ってしまった　ということらしい
ヒマだったので　案内かたがた

ぼくも　海に行くことにする
電車とバスを乗り継いで　海に向かう
半魚さんは　やっぱり漁師か何かなんですか？
いえ　自分はサラリーマンです
最近は　温暖化のせいで　海も不景気でしてね
それ　結構　地上人のせいですよね　スミマセン
半魚さんは　どこにお住まいなんですか？
フクシマ県沖です
じゃあ　地震と津波で大変だったでしょう？
実は　そうでもなかったんですよ
わたし　わりと深海に住んでるもんで
ただね　実は　その後の　汚染がひどくてね
今も　出勤の時は　防毒マスク着けてるんですよ
ああ　ゲンパツから漏れたの　垂れ流してますからね
重ね重ね　スミマセン　と

一応　地上人を代表して謝ったりしている内に
海に着く
冬の海水浴場には　さすがに誰もいなかった
どうもありがとうございました　と半魚さんは言って
すごい綺麗なフォームで　海に飛び込み
スイスイスイ～　と泳ぎ去っていった
……やっぱり　半魚人だから　泳ぎが上手いな

大福と少年

晩ごはんを食べながら　テレビを見る
なんか　名医　だというお医者さんが出て来て
アレを食べると　健康にいい　とか
コレを食べ過ぎると　病気になる　とか言って
健康体操とかやっている
最近　明らかに　メタボだからな〜
ちょっと　甘いもん　控えなきゃな〜
などと思いながら　食後に　大福を喰っている
健康番組が終わって　ニュース番組が始まる
総理大臣が国会でトンチンカンな失言をしたらしい

やっぱ　アイツ　相変わらずバカだな
などと思いながら　大福を喰っていると
今日の特集のコーナーになる
いきなり画面に　七歳の少年が映し出された
その少年は
ほとんどガイコツみたいで
あばら骨の形とかはっきりわかるぐらい　痩せこけていて
粗末なマットレスの上に　力なく横たわっていた
黒目がちの　つぶらな瞳で　どんよりとこちらを見つめている
一週間　水以外　何も食べていないのだそうだ
レポーターによると　シリアで　政府が　反体制派の村を
軍隊使って包囲して　兵糧攻めにしているので
多数の餓死者が出ているのだという
本当に食べるものがなくて
道に生えてる雑草を食べたり

わずかなスパイスを　ただの水に入れて
飢えをしのいでいるのだという
いや　しのげないだろう　そんなことじゃ……
だから　体力のない子供や老人から
バタバタ死んでいっているとのこと
シリアの政治情勢がどうかとか
詳しいことは　よくわからないけど　どう考えたって
七歳の子供に　体制　も　反体制　も　関係ねえだろう
見ているのが　とっても辛くなって
思わず　チャンネルを変えてしまう
犯人捜しのミステリードラマをやっていたので見る
五分で犯人が分かるようなシロモノだったが
チャンネル変えたら　また
あの少年が出て来そうで　怖いし
テレビを消してしまったら

あの少年の姿がずっと忘れられなくなりそうで　もっと怖い
だから　つまらないドラマを最後まで見る
犯人役の女優の大袈裟な演技を見ながら　ふと
あの子もうすぐ死んでしまうんだろうな　と思う
でも　僕が　あの子に何をしてあげられると言うのだろう？
今　この喰いかけの大福を渡してやることさえ
出来ないというのに……
なんか自分がとってもヒドイ人間のような気がして
すっかり　大福を喰う気がなくなってしまい
あれから　三日
大福は　まだ　テーブルの上に
ポツンと　置きっぱなしになっている

世直しマン参上！

真夜中にふと目を覚ますと、枕元にヘンな若い男が立っている。出刃包丁とか持っているので、驚いて、あんた誰？と言うと、「世直しマンです。26歳、現在無職、独身です！」とのこと。世直しマン？……押し込み強盗ですか？と聞くと、「いえ、悪い人間ではありません。正義の味方です！世のため、人のために、あなたを殺そうと思ってやって来ました！」え？え？？ええ！？なんで？？？俺、なんか悪いコトした？と聞くと、「あなたには、生きている価値がないので」と言う。……生きている価値？……イキテイル、カチって、何？「あなた、実際、何も世の中の役に立ってないでしょう？」……いや、そんなことは……。「じゃあ、人のために何かしていますか？」……いいえ。「国のために何かしていますか？」……いいえ。「人から感謝されたり尊敬されたことは？」……ありません。「バイトもサボってばっかりだし」……はい。すみません……つうか、おまえ無職……いえ、なんでもないです。「45歳にもなって、子供はおろか彼女もいなくて、独身。あなたのせいで少子化に歯止めがかからないんですよ」……そんなこと言われても……独身はお互いさまじゃん……。「しかも趣味がゴジラのフィギュア集めとアダルトビデオ鑑賞って、とことん気持ち悪い」……ほっといて。「おまけに、詩なんて書いている」……別にいいじゃん。「しかも、その詩がラーメンがウマイとかマズイとか、すこぶるくだらない」……まあ、それは確かに……。「どこからどうみても、あなたは無価値だ。無価値、価値、カチ、カチカチ山だ」……え？このタイミングでダジャレ？「無価値、価値、カチ、カチカチ山だ！」……しかも二度言う？「あなたのような価値のない人間が、のうのうと生きているから、世の中、良くならないんだ！というわけで、ぼくが、あなたを殺します！」……いやいやいや、というわけでって、どういうわけだよ？わけわかんねえよ！なんで俺がオマエに殺されなきゃなんないの？さっきから価値がない、価値がないって、俺、別に価値があるから生きてるわけでもないし、死んじゃった人だって、別に価値がなくなったから死んだわけじゃねえだろう？まあ、五兆八千億歩ほど譲って、仮に俺に生きている価値とやらがなかったとしても、なんでそれを、オマエに、査定されなくちゃいけないんだよ！お前はそんなに価値のある人間か？俺とお前と、どれほどの違いがあるって言うんだよ！そもそも、たかだか人間ごときがヨソ様に向かって、生きている価値があるとか、生きている価値がないとか、そんなこと言う資格とか権利とかあんのかよ！そもそも、お前には、生きている価値があんのか！オマエ自身が、生きている価値がないから、その恨みを他人にぶつけてるだけじゃないのか！と必死に叫んで、抵抗を試みるが、「まあ、正直ぼくにも、生きている価値はありませんが、ご安心ください！ぼく、あなたを殺して死刑になりますから。結果的に、あなた以外にもう一人、無価値な人間が死んで、世の中もっとよくなります！世直しです！」

……あんた、世直しとか何とか言って、実は何もかもうまくいかないから、ヤケになっちゃっただけだろ！死にたいなら、止めないから、他人に迷惑かけないで、ひとりでひっそりと死んでくれない？

「いや、でも人生あきらめて自殺っていうのは、ぼく、やっぱり最低の人間がやることだと思うんですよね。人間、目標を持って、あきらめずにがんばらないと！ぼく、世直しがんばります！」……はあ!?なんだそれ？俺はこんなキチガイに殺されるのか……それこそ、何の価値もない死じゃないか、と思ったら、怒りと悲しみで、涙があふれてきた。

小さな黄色い花の思い出

あれは　ぼくが小学校一年か二年の頃だから
もう随分　昔のことだけれど
家のそばの道路の端っこの電信柱の陰の
陽もあたらないような場所に
小さな黄色い花が一輪　ひっそりと　咲いていて
ぼくは　その花が
こんなところで　窮屈そうに　咲いているのが
なんか　とってもかわいそうな気がして
もっと陽のあたる　広々としたところで　咲かせてあげたい
と思って

その花を　ブチッと　無理矢理　引っこ抜いて
学校の花壇に移してあげた
というか　挿しておいてあげたんだけど
根がついてなかったから
気がついたら　いつの間にか　花壇の隅っこで
倒れて　黒ずんで　しなしなになっていて

その時　ぼくは
その花を　ぼくが　殺してしまった
ということを　知った

それ以来　ぼくは　花　を見ると
あの小さな黄色い花のことを思い出して
なんか　ちょっとだけ　かなしい気持ちになる

Sさんのこと

僕の勤め先である知的障害者の福祉施設・うめの木作業所の
所長のSさんが　三月三十一日で　退職された
ご自身も　重い自閉症の息子さんを持つお母さんとして
知的障害者の親の会の会長を何年も務めたり
長年　知的障害者のために尽力してきた　偉い方だが
僕にとっては
失業して　プータローをしていた僕を拾ってくれて
十六年間も面倒見てくれた　大恩人だ
でも　結構　毒舌な人で
僕が映画の上映会やったり　演劇の台本書いたりしてると

「あんた　もうちょっと面白い映画とかお芝居とか
　作りなさいよ」
詩集出した時も
「また　詩集なんて　売れない本出して」
とか言われたけど
映画も芝居も　必ず見に来てくれたし
撮影や稽古の場所に作業所を快く貸してくれたし
詩集も　ちゃんと読んでくれていた
毒舌は　Sさん流の励ましだった
十年ぐらい前
腰部椎間板ヘルニアが悪化して
ボロボロになった椎間板の移植手術を受けることになり
その後はリハビリで一年間ぐらい仕事は出来ないということで
仕事辞めざるを得ないだろうな　と挨拶に行ったら
「もし　あなたが一年経って働けるようになった時

まだここに勤めようと思ったら　戻ってきなさい
　こちらは職員一人分　空けて待ってるから」
と言ってくれた
いつも僕の腰を気遣ってくれて
腰への負担の少ない仕事の担当にしてくれた
Sさんの　そんな優しさにすがりながら　僕は
この十六年間やってきたんだなあ　と改めて思う

三月三十一日の仕事終わりに
Sさんの送別会があって
皆　思い思いにSさんに感謝の気持ちを伝えていたけど
僕は
どんな言葉で
十六年間の感謝の気持ちを伝えればいいのだろう
って　あれこれ考えているうちに

結局
何も言えないままになってしまった
大切な思いほど
ちゃんと伝えることが出来ない

おなじ月を見ている

この前　読んだ詩に
「蟹も蛾も人も花も　おなじ月を見ているのです*」
という一節があった
おなじ月を見ている　か……
そして　一行あけて　こう書かれていた
「おなじ月なのですか」と……

おなじ月……　おなじ月……

なぜか　あの人のことを　思い出す

あの人は　あの時　はたして
ぼくとおなじ月を見ていたのだろうか？

月がきれいだと　あの人は言った
ぼくは　あの人と並んで　公園のベンチに座って
しばらく　黙って
月を見ていた
ぼくは　あの人と
おなじ月を見ている
と　思っていたんだけど……

あの人と　いろいろあって　音信不通になって
何年か経った　ある日
あの人から　突然　メールが来たことがあった

今夜は　月がきれいです
とだけ　書かれていた
窓の外を　見てみたけれど
ぼくのところは　雨が降っていて
月は　見えなかった
その後の　あの人の消息は　知らない
ところで
今夜は　きれいな満月だ
あの人も　今　どこかで

おなじ月を見ているのだろうか？

＊ 秋野かよ子さんの詩「姿」（詩集『細胞のつぶやき』所収）より

海坊主

あそこの水平線
ずいぶん　もっこりしているなあ　と思ったら
大きな　大きな
海坊主　の頭だった
小さな　小さな　声で　一心不乱に
何か　ぶつぶつ言ってるみたいなので
耳をそばだてて　よく聞いてみると
お経みたいだった
何してるんですか？　と声をかけると
魂　を供養しています　とのこと

ああ　そう言えば
今日は　三月十一日　でしたね
あの時は
たくさん　たくさん
津波で亡くなったんですよね
そうです　海には　行き場を失った　魂　が
たくさん　たくさん
漂っていますから
ちゃんと供養して　空に送り届けてあげないと
いつまでも　いつまでも
星になれなくて　かわいそうですから　と言う
でも　ここ　東京ですよ
フクシマ県沖じゃないんですけど
いえ　結局　海は　ひとつですから
ここまで流されてきて

迷子になっちゃった　魂　が
かなりいるんですよ
見つけてあげなきゃ　かわいそうです
海坊主さんも　結構　大変ですね
まあ　大変ですけど
わたし　このためにいるんで
一応　坊主なんで　わたし
では失礼　先を急ぎますので
夜になるまでに　あとひとつか　ふたつは
見つけて　供養してあげたいので
海坊主さんは　そう言うと
水平線の向こうに去って行った
お経は　いつの間にか　波の音に変わっていた
気がつくと　水平線の向こうに太陽が沈んでいく
海坊主さんは

今日いくつ　魂を見つけられたのだろうか？
今夜は　いつもより　星　が　多いみたいだ

あとがき

お読みいただき、ありがとうございました。

この2年間に書いた詩の中から、お気に入りの30篇を選んで収録しています。

ただ、その30篇をどう1冊の詩集にまとめればいいのか、僕にはさっぱりわからなかったので、構成は一切、佐相憲一さんにお願いしました。佐相さんは雑然とした僕の詩たちに見事に〈つながり〉と〈流れ〉を与えて、とっても素敵な〈カツシマ・ワールド〉を作り上げてくれました。著者でありながら僕がいちばんビックリしています。もし、この詩集を結構いいなと思っていただけたなら、それはかなり佐相さんのおかげです。

それと杉山静香さんの装幀画も、素晴らしかった。

ちょっと淋しげだけど、でもほんのりと優しい。杉山さんには、どこかに僕が描いた「かいじゅう」を入れてくれという無理なお願いをしたのですが、温かく絵の中に迎え入れてくれました。嬉しかったです。

「かいじゅう」も、さぞかし喜んでいることでしょう。

２０１７年１月　勝嶋啓太

勝嶋　啓太（かつしま・けいた）略歴

1971 年 8 月 3 日、東京都杉並区高円寺に生まれる。日本大学芸術学部映画学科卒業。映画撮影者として自主映画を中心に数多くの映像作品に関わる。近年は、劇作家として舞台作品の台本も多数手がける。詩誌「潮流詩派」「コールサック」「腹の虫」を中心に作品を発表。

詩集『カツシマの《シマ》はやまへんにとりの《嶋》です』（2012 年・潮流出版社）
『来々軒はどこですか？』（2014 年・潮流出版社）
『異界だったり　現実だったり』（原詩夏至氏と共著）（2015 年・コールサック社）

本詩集は第 4 詩集。

【現住所】〒 166-0003 東京都杉並区高円寺南 2 - 53 - 3

石炭袋

勝嶋啓太詩集『今夜はいつもより星が多いみたいだ』

2017 年 1 月 21 日初版発行
著　者　勝嶋啓太
編　集　佐相憲一
発行者　鈴木比佐雄

発行所　株式会社 コールサック社
〒 173-0004　東京都板橋区板橋 2-63-4-209
電話 03-5944-3258　FAX 03-5944-3238
suzuki@coal-sack.com　http://www.coal-sack.com
郵便振替　00180-4-741802
印刷管理　（株）コールサック社　製作部

＊装幀　杉山静香

落丁本・乱丁本はお取り替えいたします。
ISBN978-4-86435-281-9　C1092　¥1500E